幼兒全語文 階梯故事 系列

小熊坐車

袁妙霞　著
野人　繪

園丁文化

小熊要坐 11 號公共汽車到沙灘去。

車來了，大家守秩序排隊上車。

坐車真舒適。

坐車真快捷。

坐車真有趣。

終點站到了。噢！這是什麼地方？

小熊坐錯車了。

導讀活動

 提問

進行方法：

❶ 讀故事前，請伴讀者把故事先看一遍。
❷ 引導孩子觀察圖畫，透過提問和孩子本身的生活經驗，幫助孩子猜測故事的發展和結局。
❸ 利用重複句式的特點，引導孩子閱讀故事及猜測情節。如有需要，伴讀者可以給予協助。
❹ 最後，請孩子把故事從頭到尾讀一遍。

封面
1. 小熊站在什麼地方？你猜他在等什麼呢？
2. 你坐過巴士嗎？你喜歡坐巴士嗎？
（告訴孩子「巴士」就是「公共汽車」。）
3. 請把書名讀一遍。

P2
1. 小熊手裏拿着什麼？你猜他要到哪裏去？
2. 在這個巴士站，乘客可以乘坐什麼路線的巴士？
3. 小熊要坐哪一號巴士？

P3
1. 車來了，小熊和其他乘客怎樣做？
2. 他們有排隊上車嗎？你上巴士時也會這樣做嗎？

P4
1. 看看小熊的表情，你猜他在巴士上覺得舒適嗎？
2. 這輛巴士有多少層？
3. 你知道這類型的巴士叫什麼嗎？（雙層巴士）

P5
1. 巴士走得快嗎？
2. 看看路上的黑白橫線，你知道它叫什麼嗎？（斑馬線）

P6
1. 小熊坐車時，可以看到窗外不同的景物。你猜他覺得有趣嗎？
2. 你喜歡坐車時看沿途的風景嗎？

P7
1. 為什麼司機和乘客都下車了？
2. 這是什麼路線巴士的終點站呢？
3. 這裏是小熊要去的地方嗎？你猜什麼地方出錯了？

P8
1. 你猜對了嗎？小熊上了什麼路線的巴士？
2. 你猜小熊現在會怎樣做？

說多一點點

 知識點 **陸上的公共交通工具**

①

公共汽車（巴士）

②

公共小型巴士（小巴）

③

計程車（的士）

④

電車

⑤

鐵路

⑥

輕便鐵路

 養成好習慣 **坐車時要做到**

① 排隊上車。　② 不在車廂內大聲叫嚷。　③ 保持車廂清潔。

字卡

請沿虛線剪出字卡。

玩法

❶ 把字卡全部排列出來，伴讀者讀出字詞，請孩子選出相應的字卡。
❷ 請孩子自行選出多張字卡，讀出字詞並口頭造句。

小熊	坐車	公共汽車
沙灘	大家	守秩序
舒適	快捷	有趣
終點站	地方	錯

幼兒全語文階梯故事系列
第3級（中階篇）

《小熊坐車》

©園丁文化

幼兒全語文階梯故事系列
第3級（中階篇）

《小熊坐車》

©園丁文化

幼兒全語文階梯故事系列
第3級（中階篇）

《小熊坐車》

©園丁文化

幼兒全語文階梯故事系列
第3級（中階篇）

《小熊坐車》

©園丁文化

幼兒全語文階梯故事系列
第3級（中階篇）

《小熊坐車》

©園丁文化

幼兒全語文階梯故事系列
第3級（中階篇）

《小熊坐車》

©園丁文化

幼兒全語文階梯故事系列
第3級（中階篇）

《小熊坐車》

©園丁文化

幼兒全語文階梯故事系列
第3級（中階篇）

《小熊坐車》

©園丁文化

幼兒全語文階梯故事系列
第3級（中階篇）

《小熊坐車》

©園丁文化

幼兒全語文階梯故事系列
第3級（中階篇）

《小熊坐車》

©園丁文化

幼兒全語文階梯故事系列
第3級（中階篇）

《小熊坐車》

©園丁文化

幼兒全語文階梯故事系列
第3級（中階篇）

《小熊坐車》

©園丁文化